喜觀 著

新雅文化事業有限公司
www.sunya.com.hk

目錄

第三章：修辭

第四章：創意寫作

本書如何幫助孩子學習寫作？

對於剛剛步入作文世界的孩子，寫作不是一件容易的事。但請不要擔心，只要掌握正確的學習方法以及寫作技巧，寫作文並不難。

本書以五個小故事做引入，啓發孩子思考寫作到底是怎麼一回事。每個小故事都帶出一個寫作難題，可以先讀故事，看看故事中的小主角們遇到了什麼麻煩。思考一下，在日常的表達和作文中，你有沒有遇到同樣的麻煩？不過不用擔心，森林寫作班的貓頭鷹老師精通每一種寫作技巧，他會細心地將這些知識教授給大家。

希望故事中小動物們的喜樂悲歡，能夠讓你會心一笑，進而願意去學習如何讓自己的文字表達更完整、更豐富、更準確。

新雅編輯部

跟着四位小主角的腳步，一起來學習吧！

小兔淇淇：斯文內向，温柔善良。喜歡紅蘿蔔、單車。擅長與人溝通，擅長想像。

小狗阿聰：憨厚老實，不善表達。喜歡收集物品。擅長唱歌、不擅長與人溝通。

小信鴿飛飛：有勇有謀，有責任心。喜歡旅行和攝影。擅長講故事，技能是幫人送信。

小猴跳跳：機靈活潑，熱情開朗。喜歡跑步、彈鋼琴。擅長許願，不擅長畫畫和講故事。

學習步驟

先看故事，再到森林寫作班裏學一學，最後，嘗試做一做練習中的題目，看看自己掌握了沒有。

學會了這些寫作方法後，可以大大提升語文能力。無論是日常表達，還是寫作文，都能得心應手，輕鬆寫出好文章。

跟着森林寫作班的貓頭鷹老師一起開啓寫作之旅吧！

貓頭鷹老師：知識淵博，和藹可親。擁有神秘的法寶，擅長為小朋友們解決難題，可提升大家的寫作能力。他不但熱愛寫作，還會拉小提琴。

第一章

日記

故事一

阿聰的寶藏

今天陽光普照，微風徐徐，跳跳和淇淇找阿聰出去玩，可阿聰正忙得不可開交。只見阿聰跑進跑出，抱出一個又一個紙箱子，又把箱子裏的東西一件一件掏出來，放在地上。

「你在忙什麼呢？」跳跳好奇地問。

「我在給我的寶藏曬太陽。」阿聰擦擦頭上的汗説道。

淇淇從箱子裏掏出一塊皺巴巴的小手帕，跳跳撿出幾粒普普通通的小石頭，疑惑地問：「寶藏？這些嗎？」

阿聰説：「這塊手帕是我小時候的，婆婆常用它幫我擦汗。這幾粒小石頭，是去年郊遊時在公園撿的，看到它們我就記起那天大家玩得十分開心！」

跳跳説：「這塊手帕挺有紀念價值的，可是

這些小石頭太普通了，你要把生活中出現過的大大小小的東西都保存起來嗎？」

阿聰撓撓頭，這幾年他收集的東西越來越多，房間裏堆了好幾個大箱子，確實很苦惱。

正在散步的貓頭鷹老師了解了事情經過，笑着說：「原來阿聰這麼重情意啊！你讓我想起在文字出現之前，古人想記錄生活，就在繩子上綁一個結。大事綁大結，小事繫小結。這些大大小

小的結，能幫他們回憶過去發生的事情。」

淇淇聽得入神：「看到繩結就能想起來發生過什麼事嗎？」

貓頭鷹老師說：「這只是最原始的方法，我們比古人幸運，可以用文字來寫日記，記下生活中重要的事情和感受呀。這樣，阿聰就可以幫你的寶藏『減肥』了，只挑選真正有紀念意義的保存下來，其他的回憶，就可以用日記代替了。」

我會記日記

　　日記可以記錄我們每天發生的事情，包括生活裏的所見所聞、所思所想，幫助我們留存珍貴的記憶。日記是以一天為單位來記述的。

　　貓頭鷹老師要教大家寫日記啦。

　　日記記錄的範圍，可以說是相當廣泛的。在一般情況下，日記主要是以記事為主，在記錄生活片段的同時，也可以用來抒發感情、說說道理和發表評論。

我們先來替阿聰寫一篇日記，再來具體學習日記的寫法吧！

四月一日　星期六　晴

今天天氣晴朗，我把收藏的寶貝都拿了出來，想讓它們曬曬太陽。有小時候婆婆用來幫我擦汗的小手帕；有去年在郊野公園撿到的小石頭；還有幾張我和好朋友的相片……

看到它們，我就能回憶起從前的經歷，重溫和大家相處的美好時光。

讓我們一起學習日記的格式和分類吧！

日記

1. 格式　　2. 事件日記　　3. 情緒日記

1. 格式

為了方便日後查閱，日記需要在第一行清楚標注以下訊息：

日期、星期、天氣。

日期、星期、天氣通常寫在第一行，描述天氣可用「晴」、「雨」、「陰」等。

正文另起一段，注意段首要入兩格。

格式

	日期	星期	天氣
例子	四月一日	星期二	晴

正　文

當我們回憶天氣的時候，已經有了一個線索幫我們記錄一天的事件。是晴空萬里，自在地和小伙伴們在操場上跑跑跳跳？還是陰雨綿綿，只能在家中看一本精彩的故事書？確定好天氣後，日記正文可以因應天氣做出描述。

2. 事件日記

事件日記就像阿聰的寶藏一樣，紀錄這一天中發生了哪些特別的經歷。等你再回過頭看這一段文字的時候，也能想起當時的細節和感受。

還記得四素句嗎？闡述一個完整的事件，有四種信息是必不可少的，那就是**時間**、**人物**、**地點**、**事情**。在事件日記中，我們同樣可以利用四素句記敘這一天中值得關注、值得記下來的事情。

示例

1. 早上，爺爺帶我去茶樓吃早茶。

2. 下午，同學們一起去動植物園參觀。

3. 傍晚，我在樓下遇到了幼稚園的好朋友。

請你也試試用四素句寫幾件今天發生的、你認為值得紀錄的事情吧！

早上，爸爸帶我去打羽毛球。

我的句子：

早上，________________________________。

中午，________________________________。

晚上，________________________________。

小提示：請按時間順序梳理一下自己今天都做了哪幾件事。

在四素句的基礎上，我們可以再加上**為何**、**如何**、**感受**，日記就會更豐富、完整。

為何：這件事發生的原因是什麼？

如何：過程中我做了什麼，是怎樣做的？

感受：事情發生和發展的過程中，我的心情怎樣？

篇章示範

四月一日　星期六　晴

早上，**（為何）**起牀後我說很久沒吃過奶黃包，爺爺就帶我去茶樓吃早茶。**（如何）**除了我心心念念的奶黃包，還吃到了蝦餃、燒賣和糯米雞，我跟爺爺講了學校發生的趣事。**（如何）**我吃得好飽，覺得時間過得很快，真是一個輕鬆愜意的早上。

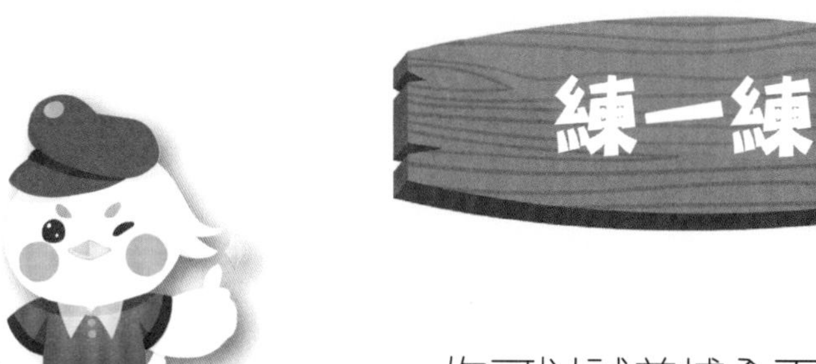

你可以試着補全下面的日記嗎？

一、選擇合適的句子填入恰當的位置。

A. 正在河邊捕食的火烈鳥；活潑的松鼠猴；還有紅燦燦的杜鵑花

B. 老師說考完試要帶大家輕鬆一下，學學書本之外的知識

C. 大家都高興極了

下午，（為何）＿＿＿＿＿＿，我們班同學一起去了動植物園參觀。（如何）我們看到了＿＿＿＿＿＿。（感受）雖然出了一身汗，但一路歡聲笑語，＿＿＿＿＿＿！

二、選擇合適的句子填入恰當的位置。

A. 沒有等到平時一起踢球的小伙伴，正準備回家的時候

B. 我們都很開心　　　C. 有一些不好意思

傍晚，我在樓下散步，（為何）＿＿＿＿＿＿，遇到了幼稚園的好朋友。（如何）我們已經兩年沒見過面，一開始＿＿＿＿＿＿，我邀請他一起踢球，原來他剛剛搬來這個屋苑。（感受）知道以後可以常常一起玩，＿＿＿＿＿＿。

3. 情緒日記

如果養成了每天都寫日記的好習慣，同學們可能會遇到一個難題：坐在桌子面前，面對空白的作文簿，覺得今天和昨天一樣，又是平平無奇的一天，沒有發生什麼特別的事情，沒有見到什麼人，完全寫不出日記。其實，我們可以利用**情緒卡牌**幫助我們寫日記。

情緒卡牌

愉快	難過	緊張不安
興奮	生氣	喜出望外
害羞	失望	期待萬分

先圈起一個情緒字眼，再去回想這一天中哪一刻自己有這樣的感受，把和這感受相關的一件事或幾個片段記下來，就成為一篇日記了。

淇淇今天的心情很**難過**，請看看他的日記吧！

篇章示範

七月三日　星期五　小雨

今天我有一點難過，心裏好像下起了毛毛雨。

今天學校進行文藝表演。跳跳表演了爬樹，三兩下就爬到了樹頂；阿聰吹了小號，聲音渾厚悅耳。他們都得到了很多掌聲。我表演了一段舞蹈，但被裙子絆倒了，雖然我很快站起來完成了表演，大家也沒有嘲笑我，但我心裏還是有一點點難過，沒有把最完美的表演呈現給大家。下次我會把握機會，讓大家見到我的實力！

日記中淇淇選擇了今天發生的一件讓自己難過的事情，詳細寫了這件事的起因、經過、結果，也描述了自己難過的心情。

我們再看一篇日記，記敘了關於**緊張**這種情緒的幾個時刻。

篇章示範

五月十日　星期四　晴

今天下午，我一度很緊張，心裏像揣了一隻小兔子，撲通撲通跳個不停。

今天是少年網球隊的選拔賽。我因為很希望入選，從知道要參加選拔賽就坐立不安了。媽媽說我只要按照指令，認真完成就可以。快要輪到我的時候，我的心跳得越來越快，感覺要從喉嚨中跳出來了。上場後我只做了幾個簡單的動作，做的時候我的手有一點點顫抖。教練說這幾天就會收到通知，現在我開始害怕聽到媽媽的電話鈴聲了！

日記中選取了「知道要參加選拔賽」、「即將上場」、「上場」、「等待通知」四個片刻，共同來突顯出「緊張」的情緒，用「心跳」、「坐立不安」、「顫抖」、「害怕電話鈴聲」來描寫自己不同場景中緊張的表現。

請你讀一讀以下的日記片段，判斷日記中的情緒。

一、請將正確的情緒詞語填入橫線上。

A. 愉快　　B. 難過　　C. 緊張
D. 生氣　　E. 失望　　F. 期待

例子 今天，我被評選為最有禮貌的學生之一，我好開心。 （ A ）

1. 我看着盒子裏的紅蘿蔔，低下了頭，心想：這和我想要的禮物不一樣呀。 （　　）

2. 阿聰約我明天早上一起上學，我想快點到明天。 （　　）

3. 比賽馬上就要開始了，我擔心自己拿不到好成績。 （　　）

綜合練習

我們已經學習了如何寫日記，了解了日記的格式、正文。

現在請你試試完成下面的題目吧。

一、請幫下面的日記補充缺失的部分。

三月十一日　星期一 ________________

今天天氣晴朗，我和朋友們一起去了新開的圖書館。圖書館裏有好多書，我借到了最喜歡的《科學實驗手冊》，朋友也借了很多英文圖書。之後，我們便立刻回家，因為大家都等不及想要看書了。

閱讀真是一件愉快的事，我喜歡看書，也喜歡這間新的圖書館。

二、這篇日記記敍的心情如何，請圈出正確的情緒字眼。

生氣　愉快　緊張　憤怒　悲傷

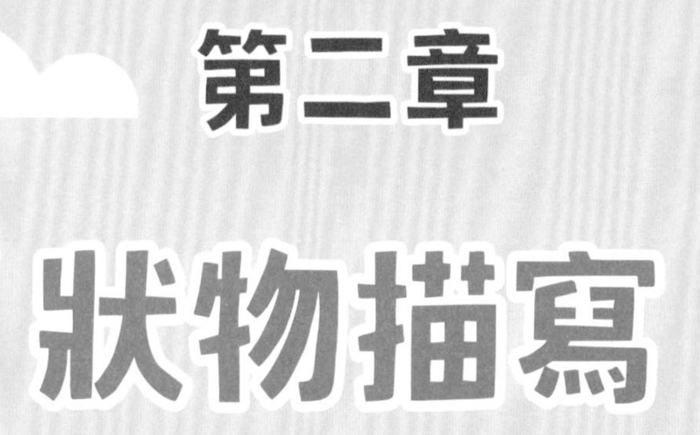

第二章

狀物描寫

運用五感描寫事物

故事二

飛飛的新玩具

飛飛帶來了一枝神奇的畫筆！興奮地向大家介紹：「他是一支聰明的畫筆，有耳朵，可以聽懂我們的話，畫出來的東西像真的一樣！不過它剛被發明出來，認識的東西很少，所以必須要描述出你想讓它畫的東西有什麼特點……」

跳跳激動地説：「我最不會畫畫了，讓我試試！」

跳跳抓着那支畫筆，清清嗓子説：「我想畫可怕的怪獸！」

畫筆「刷刷刷」動了起來，把整張紙塗得黑漆漆的，小伙伴們不知道這是什麼。

飛飛説：「他認識的東西很少，聽不懂什麼是怪獸！」

阿聰在一旁也躍躍欲試，説：「我明白了！讓我也來試試。」他抓着畫筆説：「我

想畫一個彎彎的東西，掛在天上。」

畫筆「刷刷刷」動起來，紙上出現了一個彎彎的月亮，發出暖暖的淡黃色的光，像一隻小船掛在天上。

「好美呀！」淇淇讚歎道。

飛飛説：「怎麼樣，我沒説錯吧，它畫的很漂亮呢！阿聰，你滿意嗎？」

阿聰想了想說：「的確是很漂亮，不過……我心裏想的並不是月亮，而是彩虹呢。」

淇淇說：「對喔，月亮和彩虹都是彎彎的，也都掛在天上。不過，彩虹最重要的特徵是它那七彩的顏色呀！看來，我們描寫事物時，要學習如何把握事物最主要的特點呢！」

森林寫作班

運用五感描寫事物

貓頭鷹老師來幫助大家了！怎樣才能把握事物的特點，讓神奇的畫筆能夠畫出我們頭腦中的事物呢？我們需要學習狀物描寫。

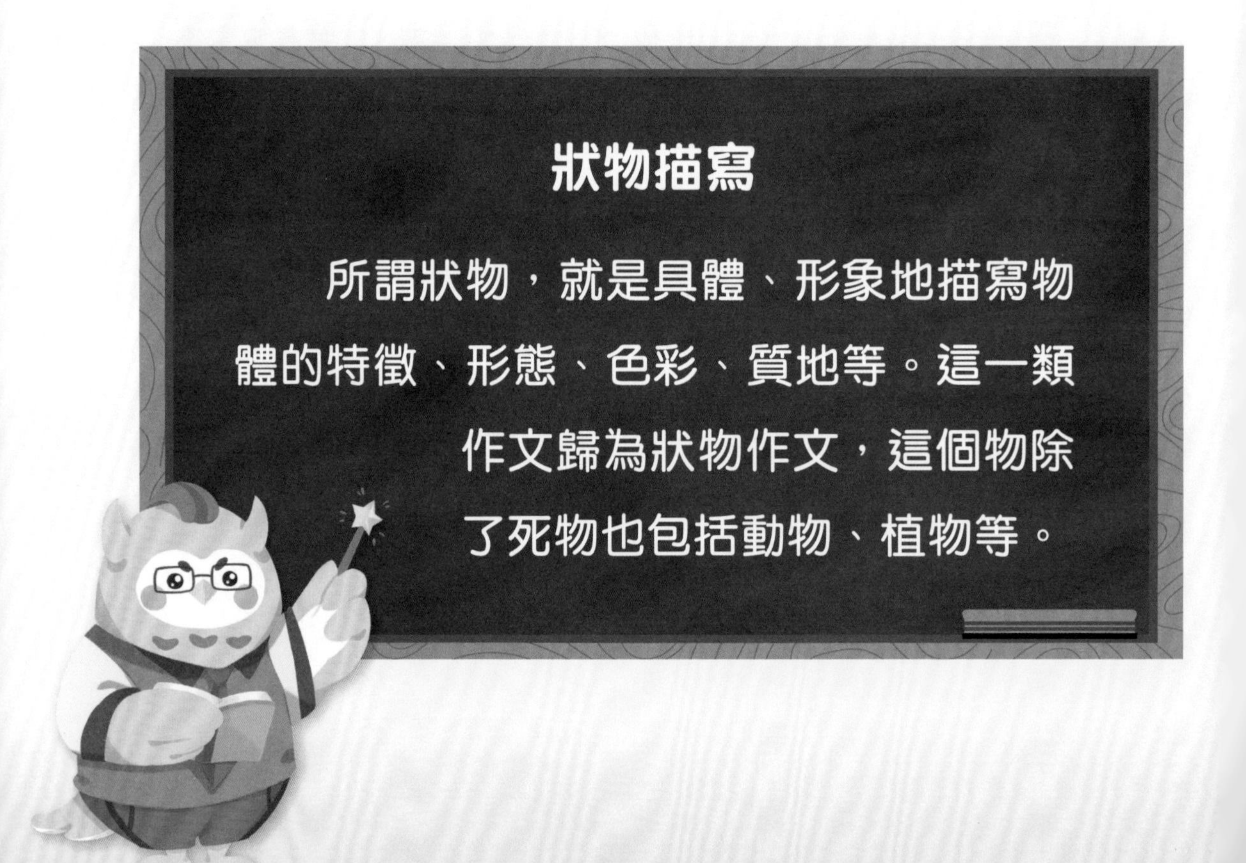

我們來試試幫跳跳和阿聰將描述補充完整！

事物①：可怕的怪獸

一隻長着三個腦袋、血紅色的眼睛，

有尖尖的獠牙的怪獸。

事物②：彎彎的東西，掛在天上的

一個掛在天空上的事物，發出金黃的光，

有時彎彎的，有時圓圓的。

為了讓神奇的畫筆準確了解我們想畫的事物是什麼樣子，我們需要給出**顏色**、**大小**、**形狀**、**特點**等信息，這就是狀物描寫。

我們在描寫事物的時候，應該仔細觀察，去抓住事物最主要的特點，然後再進行有序的描寫。

世界上有千千萬萬的事物，描寫時我們要用語言縮小範圍，才能讓別人準確理解到你要描繪的事物是什麼。所以我們可以試着用**類別**、**外觀特點**、**其他特點**的方式來縮小範圍。請猜猜看下面的句式描寫的是什麼事物。

1. 一種植物，通體綠色，長着尖尖的刺，生長在沙漠中，只需要很少的水就可以存活。
2. 一種動物，淺棕色的身體，肚子前面有一個育兒袋，有很強的跳躍能力。

小提示：1. 仙人掌　2. 袋鼠

仙人掌的外觀特點是長着尖尖的刺，袋鼠的外觀特點是有一個育兒袋，這些都是它們和其他動植物截然不同的地方。

讓別人了解到你要描寫的事物是什麼之後，又該如何描寫得詳細、豐富呢？怎樣讓你的文字像那枝神奇的畫筆一樣「栩栩如生」呢？我們可以調動不同的感官去感受一下這樣事物。

人有五種感官，它們分別是：

視覺——眼睛看到的

聽覺——耳朵聽到的

嗅覺——鼻子聞到的

味覺——嘴巴嘗到的

觸覺——身體接觸到的

讓我們一起學習運用五感描寫事物吧！

五感法狀物描寫

1. 視覺　2. 聽覺　3. 嗅覺　4. 味覺　5. 觸覺

1. 視覺

視覺描寫是最常用的手法，用眼睛看一看，直觀地從**大小**、**形狀**、**顏色**來描寫事物。

一、大小：龐大的鯨魚　矮小的鼴鼠

二、形狀：尖銳的玩具劍 圓筒型的蠶寶寶

三、顏色：火紅的夕陽 嫩綠的小草

金燦燦的夕陽照得雲朵也染上了金黃色，天空中還飄着幾個五顏六色的風箏，蔚藍的大海一望無際，海灘上有灰白色的細沙和亮閃閃的貝殼。

小提示：這裏在描寫海灘風光的時候除了運用了視覺描寫出大小、形狀、顏色外，還按照從上到下、從遠到近（夕陽→天空→大海→海灘）的順序，讓你描寫的事物像一幅畫一樣展現在你的眼前。

練一練

我們已經學了視覺描寫，請你按照一定順序，運用視覺描寫為以下段落補充內容。

水池中有一隻（　　　　　　　　）的鯨魚，正在噴着（　　　　　　　　）的水柱，水柱頂端有一隻正在玩滑板的老鼠忽上忽下的移動，蔚藍的天空上飄着（　　　　　　　　）的氣球。

感官詞語積累

大小：微小、巨大、龐然大物

形狀：圓滾滾、四四方方、有棱有角

顏色：紅彤彤、綠油油、金燦燦、黑漆漆

2. 聽覺

聽覺描寫是用耳朵來聽一聽聲音，再用文字將這些聲音表達出來。例如：

下雨了，雨水發出了「嘩啦嘩啦」的聲音。

起風了，風聲「呼呼」地響着。

我餓了，肚子發出了「咕嚕咕嚕」的聲音。

這些都是聽覺描寫。在描寫聲音的時候，可以描寫事物自己發出的聲音，也可以描寫我們人為製造的聲音。

描寫聲音需要「擬聲詞」，模擬聲音的詞語叫做「擬聲詞」，我們要累積「擬聲詞」，才能更好的描寫事物的聲音。

聲音百寶箱

滴滴答答（水滴聲）

轟隆隆（火車聲）

嗖嗖（子彈射擊的聲音）

滋啦（熱油的聲音）

嘩啦嘩啦（水流聲）

撲通（東西掉進水中的聲音）

嘟嘟（電話連通的聲音）

嘰嘰喳喳（鳥叫的聲音）

練一練

我們已經學了聽覺描寫，請運用聽覺描寫完成下面的題目吧。

一、以下哪個句子運用了聽覺描寫？請在正確的句子後面的□中加✓。

A. 操場上的同學真多呀，大家興奮地跑來跑去！ □

B. 「叮咚」聲傳來，大家趕快回到課室。 □

二、請為以下片段補充「擬聲詞」，將合適的字母填入橫線上。

A. 呼嚕呼嚕　B. 咚咚　C. 嘻嘻哈哈　D. 嘩啦嘩啦

爸爸正在午休，一陣陣 ________ 的鼾聲從房間裏面傳來。兩個小妹妹正在說悄悄話，時不時發出 ________ 的笑聲。窗外下起雨了，雨聲 ________ 的。媽媽回來了，她忘了帶鑰匙，只好敲敲門，發出了 ________ 的聲音。

3. 嗅覺

嗅覺描寫指用鼻子聞一聞氣味。例如桃子發出沁人心脾的香氣，變質的食物發出一陣熏天的臭氣。除了最基本的「香」和「臭」，我們還能感受到很多其他的氣味呢！

分辨事物的氣味，需要靈敏的嗅覺，而如何將這些氣味用文字表達出來呢，我們需要積累更多的詞語。

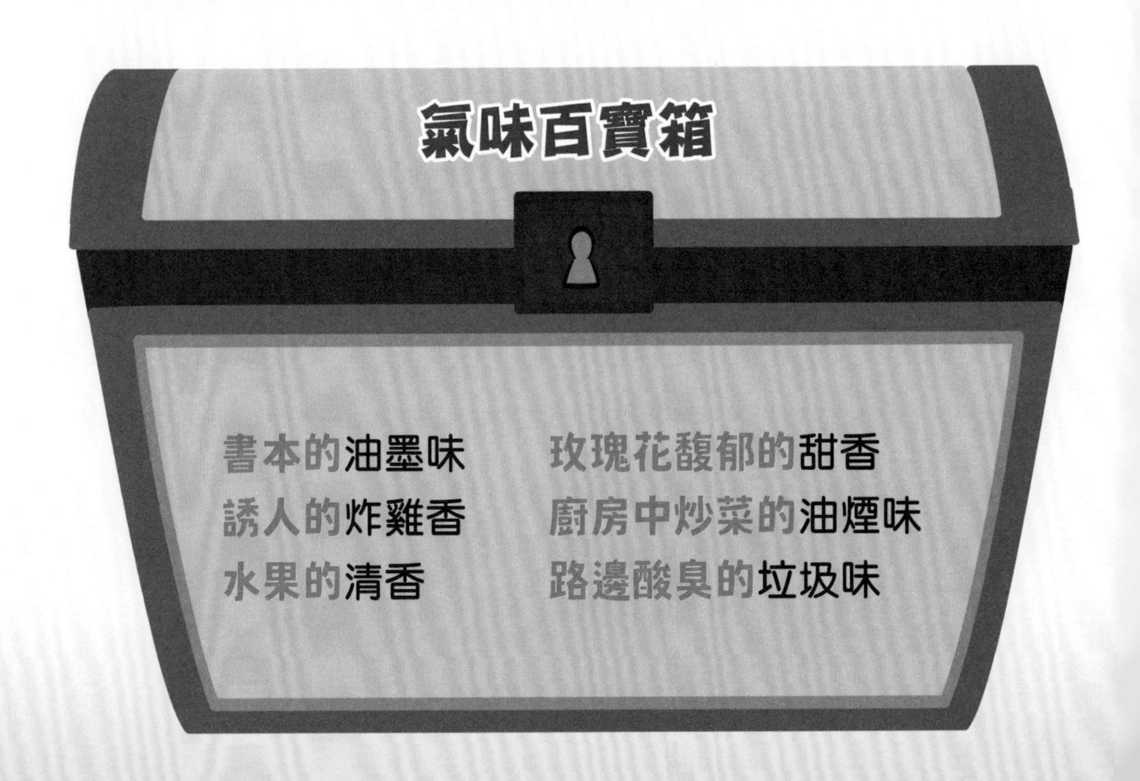

我們已經學了嗅覺描寫，請運用嗅覺描寫完成下面的題目吧。

一、以下哪個句子運用了嗅覺描寫？請在正確的句子後面的□中加✓。

A. 春天到了，花兒開了，芳香的氣味令人心情愉悅！ □

B. 我肚子餓了，拿起筷子就狼吞虎嚥地吃了起來，真好吃啊。 □

二、請為以下片段補充嗅覺描寫，將合適的字母填入橫線上。

A. 噴香誘人　B. 油煙味　C. 奶香四溢　D. 香氣

平常我不喜歡媽媽做飯時候發出的 ________________，覺得刺鼻難聞，不過今天我可太餓了，廚房傳來陣陣 ________________，原來是媽媽燉了老火湯。還有我最喜歡的炸雞，也 ________________。媽媽給我倒了一杯熱牛奶，________________，告訴我很快就可以開飯了！

4. 味覺

味覺描寫是指嘴巴嘗到的味道，再用文字將味道描述出來。我們通常說的味道，有**酸**、**甜**、**苦**、**辣**、**鹹**、**鮮**這幾種。

食物的味道多種多樣，如何將這些味道用文字表達出來呢，我們需要積累更多的詞語。

在描寫味道的時候，一種食物可能不止一種味道，如：

1. 一瓣又（**酸**）又（**甜**）的橘子。
2. 一根又（**鹹**）又（**辣**）的烤腸。

練一練

我們已經學了味覺描寫，請運用味覺描寫完成下面的題目吧。

一、以下哪個句子運用了味覺描寫？請在正確的句子後面的□中加✓。

A. 我咬了一口甜甜的蛋撻，真好吃！ □

B. 我請弟弟吃餅乾，弟弟吃了一塊又一塊。 □

二、請為以下片段補充味覺描寫，將合適的字母填入橫線上。

A. 又酸又甜　B. 甜絲絲　C. 酸　D. 辣

切好西瓜後，我急不可待地咬了一口，汁水湧進嘴巴中，________的。姐姐又拿來了幾瓣橙子，弟弟說：「我不喜歡吃橙子，太________了！我喜歡吃甜的。」姐姐說：「我覺得味道很好，________的。小孩子吃不了太刺激的味道，覺得辣椒太________，苦瓜太苦。」

5. 觸覺

觸覺描寫就是用我們的身體去觸摸，感知到物體的**溫度**、**軟硬**、**濕度**、**質感**等。例如摸到柔軟的棉花，或是觸碰到堅硬的墻壁。

通過觸覺描寫可以讓我們在狀物描寫時更加豐富，我們可以多積累表示物體質感的詞語。

觸感百寶箱

冰涼的可樂罐　　滾燙的砂鍋
濕漉漉的衣服　　乾爽的毛巾
鋒利尖銳的刀　　軟綿綿的枕頭
黏糊糊的膠水　　毛茸茸的小狗

觸覺描寫也可以描寫外形特點，比起用眼睛去觀察，觸覺更能發現到小小的細節。比如平時每天使用的課桌有眼睛難以發現的劃痕，用手卻容易摸到。

練一練

我們已經學了觸覺描寫，請運用觸覺描寫完成下面的題目吧。

一、以下哪個句子運用了觸覺描寫？請在正確的句子後面的□中加✓。

A. 燒烤架上的棉花糖被烤得熱烘烘的。 □

B. 我從冰箱裏拿出粽子，再放進鍋裏蒸。 □

二、請為以下片段補充觸覺描寫，將合適的字母填入橫線上。

A. 軟軟的　B. 熱騰騰　C. 酥脆　D. 冷冰冰

我最喜歡和家人朋友一起吃火鍋，大家一起圍坐在＿＿＿＿＿＿＿＿的鍋邊，什麼煩惱都沒有了。我最愛吃＿＿＿＿＿＿＿＿的炸魚皮，像薯片一樣脆。媽媽喜歡吃＿＿＿＿＿＿＿＿的蝦滑，味道鮮美，又有營養。哥哥什麼都吃，還要來一罐＿＿＿＿＿＿＿＿的飲料解渴。

綜合練習

一、請判斷一下，下面幾個句子運用了哪一種感官描寫？

A. 視覺　B. 聽覺　C. 嗅覺　D. 味覺　E. 觸覺

1. 淇淇踩在沙灘上，腳底覺得癢癢的。（　　　　）
2. 阿聰躺在草地上，聞到陣陣青草香。（　　　　）
3. 飛飛在天空翱翔，耳邊傳來呼呼的風聲。（　　　　）
4. 跳跳看到五顏六色的禮物盒子掛在許願樹上。（　　　　）
5. 貓頭鷹老師吃着香甜的蛋糕和大家一起慶祝生日。（　　　　）

二、請運用感官描寫試着將以下片段補充完整。

媽媽買回來一個大榴槤，它有着（**顏色**）________________的外殼，長滿了（**形狀**）________________的刺，實在有點其貌不揚。打開外殼後一陣（**氣味**）________________的怪味便鑽進我的鼻孔，我用手捏着鼻子叫苦連天。可是媽媽一定要我嘗嘗看，我試探性地伸出手摸摸那些淺黃色的果肉，（**觸覺**）________________的果肉和它的外殼實在大相徑庭。我吃了一小口，覺得它味道不錯，真是太神奇了。

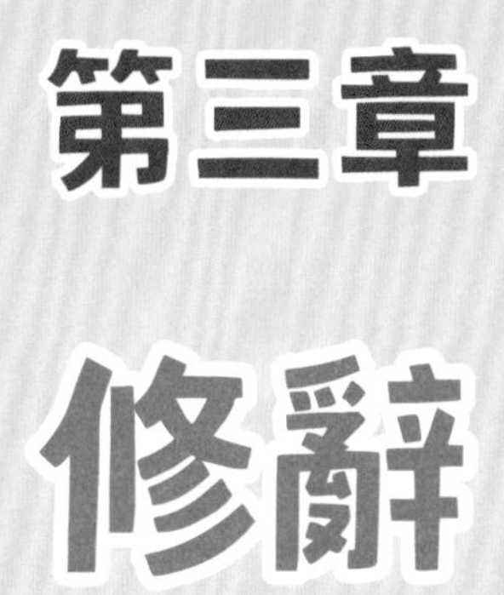

第三章

修辭

故事三

淇淇的好朋友

在一個安靜的午後，飛飛看到淇淇一個人坐在樹樁下，就拍拍翅膀停下來問她：「淇淇，你不開心嗎？怎麼一個人在這裏發呆？」

淇淇笑着說：「沒有呀，我正跟好朋友們玩呢！」

飛飛左右看看，附近空蕩蕩的哪有人呢？

淇淇笑嘻嘻地給他介紹自己的好朋友。

「樹爺爺正在給我講故事呢。」淇淇指着矮矮的樹墩說：「樹爺爺告訴我，他已經有八十多歲的高齡了。」

飛飛瞪大了眼睛，覺得很不可思議。

淇淇說：「你看樹墩上一圈一圈的紋路，這些是樹木的年輪，數一數有多少圈就知道樹有多少歲。有的年輪寬一些，說明那一年風調雨順，有的年輪窄一些，表示那一年氣候惡劣，樹爺

爺吃了不少苦頭呢。」

飛飛覺得很有意思，好奇地問：「真好玩，你還有別的好朋友嗎？」

淇淇壓低了聲音說：「還有一位好朋友有點內向害羞，我帶你去跟她打個招呼。」

淇淇來到一叢不起眼的小草前面，她說：「飛飛你看這些葉子像不像一根羽毛呀！」

她伸出手指摸了摸那些嫩綠的小葉子，突然，小葉子們縮了起來，莖也垂下去了，緊緊地閉在一起，原來是一株含羞草。

「太神奇了！」飛飛目不轉睛地看着。「淇淇你真棒，聽了你的描述，這些不會說話不會動的東西都像是有了生命、有了感情。就算是一個人待着，有它們的陪伴，也不會覺得孤單了呢！」

森林寫作班

善用修辭手法寫作

在淇淇的描述中，不會說話、沒有生命的東西也好像有了人的感情、行為，是因為她懂得使用修辭手法去表達。修辭可以理解為修飾文辭，令文字更加優美生動。

修辭手法有很多種，不同的修辭在文章中起到的作用也不同，我們先看看運用了修辭的句子有什麼好處。

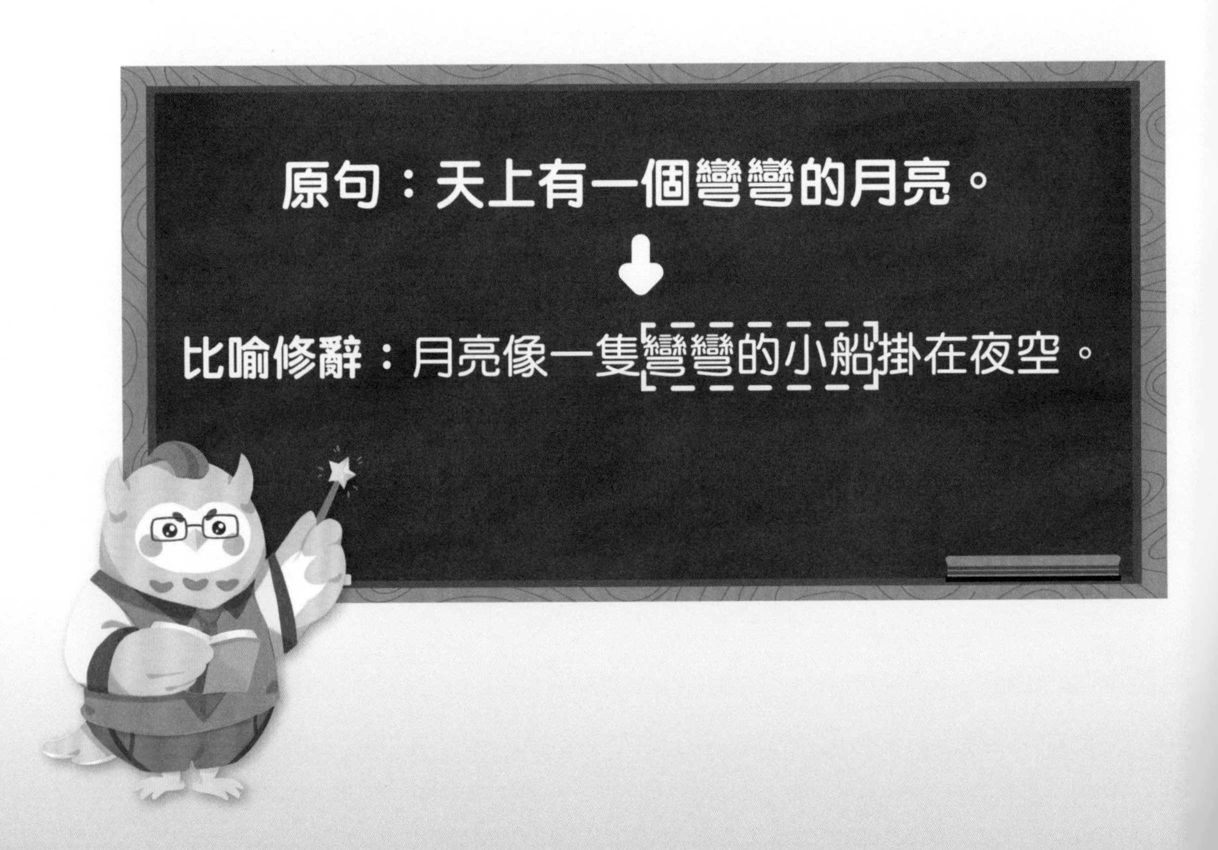

運用比喻的修辭手法，更形象地寫出了月亮的樣子，讓人更容易理解。

我們再看下面這個用擬人修辭的例子，將月亮當成會動會笑的人來描寫，更加生動有趣。

原句：天上有一個彎彎的月亮。

擬人修辭：天上的月亮笑彎了腰。

讓我們一起來學習 2 種最常見的修辭手法！

修辭手法

1. 比喻　　2. 擬人

1. 比喻

比喻修辭就是去尋找事物相似的地方，用「什麼像什麼」的句式說出來。比喻有三要素：**本體**、**喻詞**和**喻體**。

示例

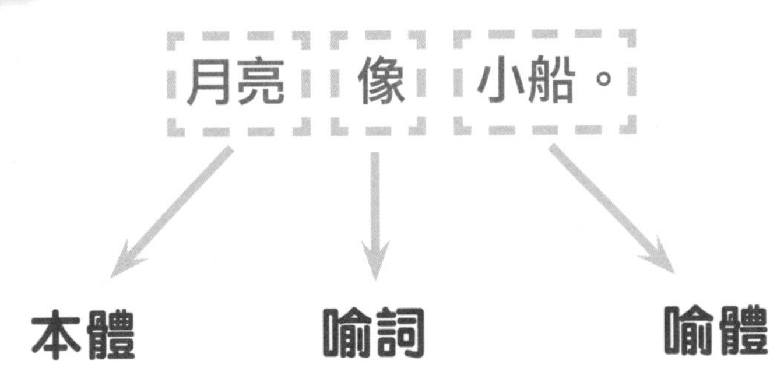

本體：自己本來要描述的事物叫做「本體」。

喻體：和它相像的事物叫做「喻體」。

喻詞：中間一般會用「像」、「彷彿」、「如同」、「一樣」這些詞語連結，這些詞語叫作「喻詞」。

寫好比喻修辭的關鍵在於找到事物之間相似的地方，請你想一想以下事物像什麼？把正確的答案填在括號中。

一、枝繁葉茂的大樹像（　　　　）

A. 一把雨傘　　B. 一個房間　　C. 一個西瓜

二、又高又瘦的哥哥像（　　　　）

A. 一個包子　　B. 一根竹竿　　C. 一個冰箱

三、正午的太陽像（　　　　）

A. 一個火球　　B. 一個冰塊　　C. 一枚硬幣

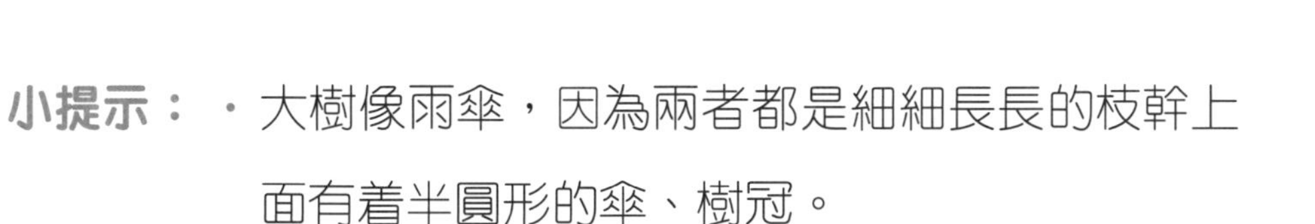

小提示：

- 大樹像雨傘，因為兩者都是細細長長的枝幹上面有着半圓形的傘、樹冠。
- 哥哥因為又瘦又高，所以像同樣瘦高的竹竿。
- 正午的太陽是圓形的，又散發着熱度，所以像一個火球。

需要注意，有些句子出現「像」、「如同」這些字眼，可是句子中並沒有相像的兩個事物，那就不能稱為比喻修辭。

示例

淇淇好像一早就出門玩耍去了，到現在還沒有回來。

這個句子中雖然有「好像」，但只有淇淇一個主人公，並沒有另一個和她相似的事物，不是比喻修辭，句子當中的「好像」只是表達推斷。

如果希望比喻寫得更豐富有趣，可以在後面加上補充說明，把本體和喻體的相似點寫出來，讓別人更了解你這樣比喻的原因。

示例

蒲公英像一把降落傘，在風中輕輕飄盪，把種子安全送達。

後面的句子解釋了為什麼蒲公英可以比喻成降落傘，除了外型相似，他們都可以被風吹走，保護種子或乘客去到安全的終點。這個句子叫作喻解。

我們學習了什麼是比喻修辭，注意，比喻中相似的可以是外形、溫度這些不會變化的特點，也可以是短暫的行為、狀態。請試試完成下面的練習吧。

一、請你試着判斷下面的句子是不是比喻修辭，請在正確的句子後面的□中加✓。

A. 她長得很像媽媽。 □

B. 湖水像一面亮亮的鏡子。 □

C. 天陰陰的，像是要下雨了。 □

D. 風像一把鋒利的刀。 □

二、請試試為下面的比喻句補充合適的喻解。

例子 妹妹的臉蛋像蘋果一樣，__又紅又圓__。

1. 天上的白雲像棉花，____________。

2. 大大小小的鞋，像一家人一樣，____________。

3. 爸爸的肚子像個大西瓜，____________。

2. 擬人

比喻是把一個人或事物比喻成和它相似的另一個事物，擬人則是把物件或動植物當成人來寫，讓他們擁有人的**外貌**、**動作**、**想法**、**心情**。

請你判斷下面的句子，哪些使用了擬人的手法？

1. 天上的星星一閃一閃。

2. 青蛙和蛇在冬眠。

3. 風用力地推着我們向前走。

4. 妹妹的臉蛋像一個圓圓的紅蘋果。

小提示：上面的句子中，只有第三句使用了擬人手法，「風」像人一樣擁有了「用手推」這個動作。第一句中星星發出不同的光，一閃一閃，不是人的動作；第二句中冬眠本來就是動物的行為，也不是人的動作；第四句中用了我們學習過的「比喻」，把妹妹的臉蛋比喻成蘋果。

人的外貌

擬人的時候可以讓事物擁有人的外貌特點，例如有眼耳口鼻、有手有腳。

擬人句：**柳樹爺爺垂下長長的鬍子。**

鬍子是人才有的外貌特徵，這個句子中把柳樹垂下細細長長的樹枝樹葉說成像人一樣的長鬍子，運用了擬人。

人的行為

擬人的時候還可以讓事物發生人才有的行為動作，例如：跑、跳、唱歌、聊天。

擬人句：**每天早上六點半，小鬧鐘準時唱歌叫我起牀。**

唱歌是人才有的行為舉動，這個句子中把小鬧鐘鳴響的動作說成唱歌、叫我起牀，運用了擬人。

人的心情

擬人的時候可以讓事物擁有人的心情，例如喜、怒、哀、樂等情緒。

擬人句：烏雲傷心地哭了起來，豆大的淚珠滴滴答答落了下來。

傷心是人才有的心情體驗，這個句子中把烏雲下雨說成哭，運用了擬人。

人的想法

擬人的時候可以讓事物擁有人的思考、想法，例如它這樣做的原因、目的、感受。

擬人句：魚缸中的小金魚眼巴巴向外看，想要逃離這個小小的監獄。

金魚向外看的時候有了人的思考：希望逃離這個魚缸，去外面的世界尋找自由，這就是為事物賦予了人的思考、想法，運用了擬人。

我們學習了什麼是擬人句，注意，擬人句需要賦予事物人的外貌、行為、想法、心情。請試試完成下面的練習吧。

一、請你試着判斷下面的句子是不是擬人句，請在正確的句子後面的□中加✓。

A. 今天的太陽有點害羞，躲在雲層後面不肯出來。 □

B. 風暴將海裏的船隻全部捲走。 □

C. 籠子裏面的兩隻蟋蟀在吵架，誰也不想輸給對方。 □

二、請運用人的外貌特點或行為動作改寫句子，使以下句子運用擬人修辭。

例子 **原句：** 花兒在風中搖擺。

改寫： 花兒向我們微笑招手。

1. 狂風下，小樹苗被吹彎了。 ____________________

2. 這輛車開上了山坡。 ____________________

一、請你試着判斷以下句子在哪一個方面運用了擬人手法。

A. 人的外貌　B. 人的動作　C. 人的心情　D. 人的想法

1. 被丟到垃圾桶裏面的鉛筆正在低聲哭泣。（　　　）
2. 久別重逢的小麻雀們正在興奮地嘰嘰喳喳。（　　　）
3. 螞蟻用觸角碰了碰對方，交換重要的情報。（　　　）
4. 主人還沒有回家，小狗守在門口，覺得很孤單。（　　　）

二、請你分辨下面的句子是比喻還是擬人，在橫線上填入答案。

1. 含羞草被觸碰了一下，害羞地蜷起身子。＿＿＿＿＿＿
2. 一朵朵白雲像一團團棉花、一隻隻綿羊。＿＿＿＿＿＿

三、請選出適當的詞語填在空白處。

A. 鏡子　B. 蒲扇　C. 掌紋

1. 大象的耳朵像兩把大大的＿＿＿＿＿＿。
2. 葉子上有一條條葉脈，看上去很像我們的＿＿＿＿＿＿。
3. 清澈的湖水像一面＿＿＿＿＿＿。

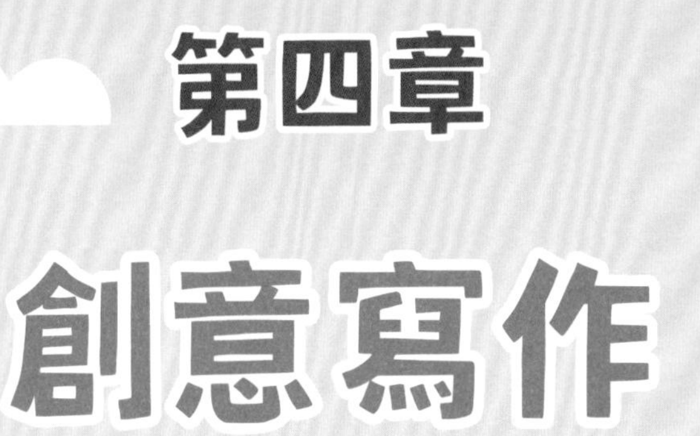

第四章

創意寫作

聯想與想像

故事四

牆上的手影

下雨了，還不到黃昏，天已經陰了下來。小伙伴們正在教室裏上最後一節課，突然，「啪」的一聲，教室裏面的燈都黑了——停電了。

大家沒經歷過停電，又新鮮、又有點不知所措。貓頭鷹老師鎮定地點燃一根備用蠟燭，火光照亮了牠那慈祥的臉龐。

「我們來一起享受一下這難得的時光吧。」

貓頭鷹老師給大家講了大象的故事，跳跳配合地把一隻手的食指和中指伸長——當作是長長的象牙，另一隻手蓋在上面，食指彎曲垂下——當作捲捲的象鼻子。燭光把影子投在白牆上，一隻放大了很多倍的大象正在緩緩前進。

「太妙了！你這隻大象真是栩栩如生！」貓頭鷹老師稱讚道。

淇淇兩隻手併攏，大拇指勾在一起，另外四隻手指不斷搧動——手影像一隻飛鳥，調皮地追着大象。

飛飛笑着説：「你的手影不就是我嗎？我也要做一個淇淇的樣子！」

他把兩隻手扣在一起，伸出兩根手指作耳朵、蜷起食指和中指作腦袋，一隻兔子追着大象跑來跑去。

大家玩得不亦樂乎，只有阿聰一臉困惑地坐在一旁。貓頭鷹老師問：「阿聰，怎麼不加入大家的手影遊戲呀？」

阿聰不好意思地說：「我不明白大家在做什麼——哪裏有大象、小鳥和小兔子呀？」

貓頭鷹老師笑着拍了拍他說：「阿聰，你太認真了，這個遊戲需要一點天馬行空的想像力才好玩呀！」

森林寫作班

聯想與想像

貓頭鷹老師看着愁眉苦臉的阿聰，決定教教他如何訓練自己的聯想能力和想像能力。同學們也可以通過這兩種能力讓自己的作文充滿奇思妙想。

什麼是聯想？

和比喻不同，比喻是兩個事物之間有很明確的相似點，聯想則更為個人化，只有你感受到事物之間的關係，可能是外形相似？可能是功能相近？可能只是他們兩個事物帶給你同樣的感覺。

什麼是想像？

想像是寫作中不可或缺的能力，通常會寫出和現實不相符的事情、畫面，人物或動物擁有了自己不具備的能力等。

我們先來看看下面這個圖形，你能想到什麼？

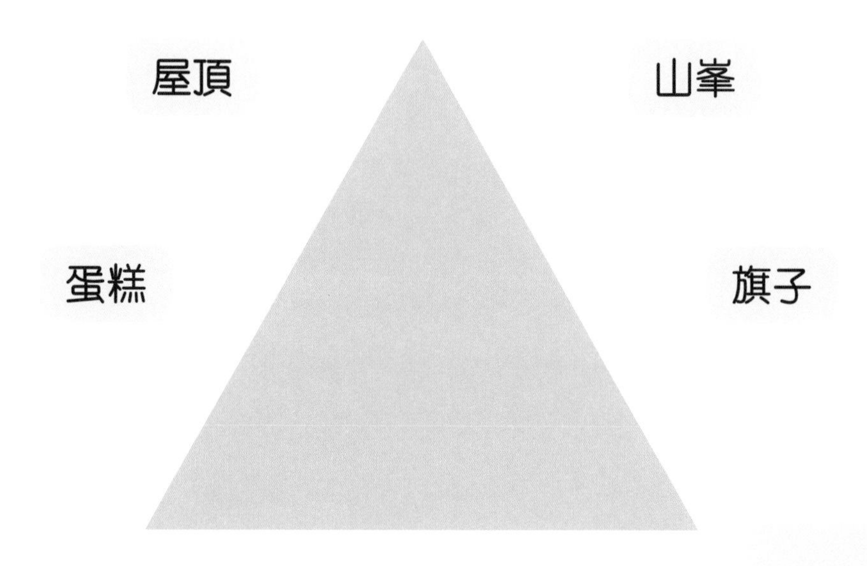

山峯、**屋頂**、**蛋糕**、**旗子**這些都和三角形的形狀相似，它們具有一定的關聯性，這就是**聯想**。你還能聯想到其他事物嗎？請填在方框內。

如果我們的想法是憑空而來的，不是從某事物引起的對另一事物的聯想，則稱為想像。這樣的練習可以幫助我們打開思考的維度。

1. 聯想

聯想的事物要有相似性，可以是**形狀**、**顏色**、**功能**、**大小**、**特點**等不同方面。請你試試看到下面的詞語，會聯想到什麼？把你的想法寫在方框內。

綠色

小提示：我們能想到：草、春天、蘋果、平靜、入閘、環保……

在進行聯想時，我們會有一些個人化的感覺。比如草、樹、葉子都是春天會有的，所以我們會覺得綠色代表着春天；在入閘或者付款的時候，綠色代表成功通過、紅色代表拒絕進入，所以我們會覺得綠色代表過關、接受；很多垃圾分類、環保宣傳的標誌都是綠色的，所以我們也會把綠色跟環保建立關係。從具體到抽象，就是一步一步學習聯想的過程。

練一練

我們學習了如何進行聯想，記得要從形狀、顏色、大小、功能、特點等方面去思考。

一、請看看下面的符號，你能聯想到哪些事物？請在後面的□中加✓。

O

1. 荷包蛋 □
2. 海底隧道 □
3. 太陽 □
4. 足球 □

二、我們試試用更完整的句子來描述上述聯想。

例子 媽媽幫我煎的荷包蛋。

1. ____________________ 的海底隧道。
2. ____________________ 的太陽。
3. ____________________ 的足球。

我們通常說的有**想像力**，即是想到了他人沒想到的地方。可以打破我們對事物的認知，反向思考，訓練想像力。

反向思考

1. 蝸牛原本走得慢——如果蝸牛變得健步如飛。
2. 螞蟻原本很小——如果螞蟻像大象一樣大。
3. 老虎原本兇狠——如果老虎變得溫柔可愛。
4. 刺蝟原本有尖尖的刺——如果刺蝟變成圓滾滾滑溜溜的。

我們為上述句子加上一個原因，再想想這樣變化之後會發生什麼，就成了一篇富有想像力的小作文了。

示範片段

在晴朗的一天，螞蟻早上起牀伸了個懶腰，奇怪的事情發生了，牠的觸角碰到了大樹的頂端！牠發現自己的身體變得龐大無比，像大象一樣高大，每一隻腳都成了細細長長的竹竿。牠不再只撿拾地上的草葉、花瓣、麪包屑，而是可以從樹頂挑選最新鮮、最嫩的葉子來吃了！

除了上述方法，我們還可以描述一下變化後的不同之處，也可以想想變化後可以做些什麼以前做不到的事情。

變化的事物	原因	變化後會怎樣
蝸牛健步如飛	許下的願望成真	在運動會中拿了短跑冠軍
刺蝟沒有刺	按下了神奇的按鈕	可以躺在軟軟的牀上休息
老虎很溫柔	吃了一顆魔法藥丸	小兔子成了他最好的朋友

另外，也可以進行人的想像，如果我們沒有生命，變成了一件物品，會有什麼特別的感受呢？

示範片段

如果我一覺醒來，發現自己變成了一個枕頭，我會十分震驚想叫出聲來，可惜我不能發出聲音，只是輕微地抖動了一下。我的身體變成了潔白的、軟綿綿的方塊，肚子中被塞滿了羽毛。媽媽的頭壓在我身上，頭髮絲鑽進我的鼻子，讓我有點想打噴嚏。

綜合練習

請依照順序看看下面的圖，圖中發生了怎樣的故事？請你發揮聯想，展開想像，幫故事續寫一個結尾吧。

故事續寫

跳跳和阿聰拿起小鏟子，開始堆沙堡。他們先把沙子堆到一起，再用水把沙子打濕，用力拍打做出形狀，很快，沙堡的外形就完成了。淇淇負責用美麗的貝殼裝飾沙堡，飛飛負責灑水、建圍牆。大家正忙着，不知道誰喊了一聲：「漲潮了！」只見潮水距離沙堡的位置越來越近，這可怎麼辦？

續寫：

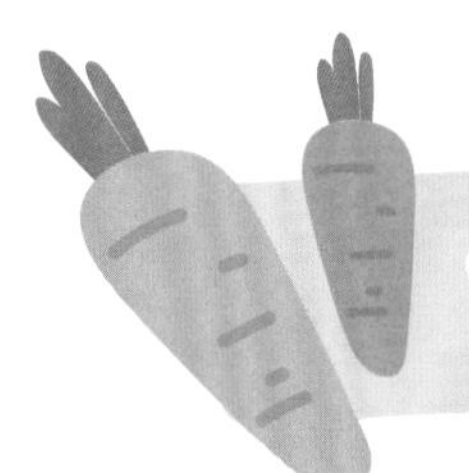

故事五：阿聰的日記

五月六日　星期六　晴

今天是很特別的一天。

我沒有跟朋友們一起玩樂打鬧，也沒有參加什麼特別的活動。我第一次一個人待了一下午，坐在軟軟的草堆上，靜靜地看着天上的雲。

我從來沒有仔細地觀察過它們，只知道它們像棉花，有時大團大團的，有時一小塊一小塊的。可是，今天的雲似乎有些不一樣。

今天的雲像一羣白白胖胖的小綿羊，你擠着我，我貼着你，緩慢地向山那邊走去。陽光給牠們勾了一條粉紅色的邊，牠們在天空的牧場中舒服又安全。

起風了，風吹來了兩匹馬，牠們有長長的尾巴，奔騰的四蹄，牠們追上了前面的羊羣，一起消失在山的盡頭。

風停了，雲又聚集在一起，像我的枕頭，又像是溪水裏漂浮的木筏。我閉上眼睛，就像是枕着軟綿綿的雲，就像是躺在雲做的小船上搖搖晃晃。我覺得自己越來越輕，越飛越高，越飄越遠……

再睜開眼睛的時候，誰打翻了顏料，把這麼多顏色都鋪在天空上了呢？雲是橙紅色的，是淡紫色的，每分每秒都在變化，雲是個一直在換演出服的魔術師，一邊跑動一邊扔下上一件華麗的衣服，換上下一種奇妙的色彩。

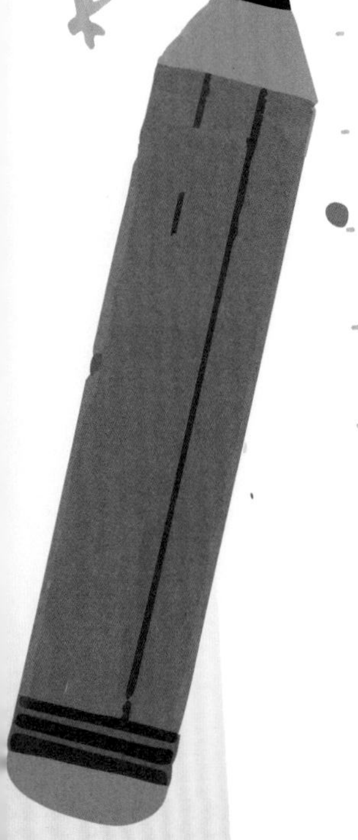

我第一次仔細地觀察天上的雲，原來他們也有自己的世界。貓頭鷹老師說過：「世界上從不缺少美，只是缺少懂得發現美的眼睛。」我覺得很有道理呢！原來仔細觀察、盡情想像是一件這麼有趣的事情！謝謝美麗的大自然。

參考答案

第 17 頁
早上我和爸爸媽媽一起吃美味的早餐。
中午我到圖書館借閱喜歡的圖書。
晚上我帶小狗到樓下散步。

第 19 頁
一、B、A、C
二、A、C、B

第 23 頁
一、1. E　2. F　3. C

第 24 頁
一、晴
二、愉快

第 35 頁
藍色、高高、五顏六色

第 37 頁
一、B
二、A、C、D、B

第 39 頁
一、A
二、B、D、A、C

第 41 頁
一、A
二、B、C、A、D

第 43 頁
一、A
二、B、C、A、D

第 44 頁
一、E、C、B、A、D
二、黃色、尖尖、臭臭、軟軟

第 55 頁
一、B、D
二、1. 十分柔軟
2. 靠在一起
3. 圓滾滾的

第 59 頁
一、A、C
二、1. 狂風下，小樹苗被吹彎了腰。
2. 這輛車氣喘吁吁，吃力地爬上了山坡。

第 60 頁
一、1. B 2. C 3. B 4. C
二、1. 擬人 2. 比喻
三、1. B 2. C 3. A

第 69 頁

二、1. 又長又黑

2. 早上初升的紅紅

3. 操場上被踢飛

第 73 頁

阿聰說：「水漲上來了，我們在城堡前面建一道城牆，把水擋住吧。」淇淇和飛飛搖搖頭說：「沙子會吸水，我們怎麼阻擋得住呢？」跳跳看着沙堡十分不捨，這可是大家辛辛苦苦建的。飛飛說：「我想到一個留下沙堡的好方法了！」他拿出了相機，給大家和沙堡拍了一張合影，這樣就算潮水把沙堡沖走了，可美好的回憶卻永遠留存下來了！

森林寫作班
小學生寫作入門書（進階篇）

作　　者：喜觀
插　　圖：紙紙
責任編輯：張斐然
美術設計：許鍩琳　郭中文
出　　版：新雅文化事業有限公司
香港英皇道 499 號北角工業大廈 18 樓
電話：（852）2138 7998
傳真：（852）2597 4003
網址：http://www.sunya.com.hk
電郵：marketing@sunya.com.hk
發　　行：香港聯合書刊物流有限公司
香港荃灣德士古道 220-248 號荃灣工業中心 16 樓
電話：（852）2150 2100
傳真：（852）2407 3062
電郵：info@suplogistics.com.hk
印　　刷：中華商務彩色印刷有限公司
香港新界大埔汀麗路 36 號
版　　次：二〇二三年九月初版

ISBN: 978-962-08-8257-9

18/F, North Point Industrial Building, 499 King's Road, Hong Kong
Published in Hong Kong SAR, China
Printed in China